"一带一路"大型系列丛书

总策划　戴佩丽
主　编　孙春光

寇钧剑 ◎ 著

南疆　辞

新疆是个好地方

中央民族大学出版社
China Minzu University Press

图书在版编目（CIP）数据

南疆辞 / 寇钧剑著 . —北京：中央民族大学出版社，2021.4（2023.5 重印）
（"一带一路"大型系列丛书.新疆是个好地方.第三辑）
ISBN 978-7-5660-1892-2

Ⅰ.①南… Ⅱ.①寇… Ⅲ.①诗集－中国－当代 Ⅳ.①I227

中国版本图书馆 CIP 数据核字（2021）第 025564 号

南疆辞

著　　者	寇钧剑
责任编辑	戴佩丽
责任校对	杜星宇
封面设计	舒刚卫
出版发行	中央民族大学出版社

北京市海淀区中关村南大街 27 号　　邮编：100081

电话：（010）68472815（发行部）　　传真：（010）68933757（发行部）

　　　（010）68932218（总编室）　　　　　（010）68932447（办公室）

经 销 者	全国各地新华书店
印 刷 厂	北京鑫宇图源印刷科技有限公司
开　　本	787×1092　1/16　印张：12.75
字　　数	170 千字
版　　次	2021 年 4 月第 1 版　2023 年 5 月第 2 次印刷
书　　号	ISBN 978-7-5660-1892-2
定　　价	49.00 元

目 录

"一带一路"大型系列丛书
——新疆是个好地方

辽阔的蓝

新疆的蓝，以绝对的安静呈现

交给我体内

那里有蓝天最彻底的隐情

和来不及梳理的赞美

新疆，我那辽阔的蓝

新疆，我那辽阔的蓝

该以怎样的抒情面对辽阔

该以怎样的颜色，还给大地

给他以新装

天山之子，急切啜饮

统帅冰雪的蓝、尤鲁都斯绿色的蓝、孩子们

蓝眼睛的蓝，追忆的蓝、喀纳斯静止的蓝

阳光下大朵、大朵的蓝，以及

来不及呼吸、稍纵即逝的蓝

在新疆，蓝色可以包容一切

原谅那些对与错

就像这黑夜，在蓝色醒来之前

指引了千年冰霜

和它脚下延展的路

我那辽阔的蓝，在新疆

逼真、晕眩，唾手可得

请给我以缓慢

让群山和昆仑雪峰为你拉开帷幕

抓住蓝色投出的阴影

新疆的蓝，以绝对的安静呈现

交给我体内

那里有蓝天最彻底的隐情

和来不及梳理的赞美

野云沟，一朵云与我相遇

一朵云与我相遇

在野云沟，我来不及停留

桑葚和戈壁，从身旁迅速后撤

如同一缕额外的风

我只是行色匆匆中的一员

一整天，我被一种浓烈的荒凉灌注

数不清的石头，在库鲁克山脉中间

挣扎、翻滚，洪水来临之前

它们做好了洗礼的准备

只有云，像流浪的孩子

在天空嬉戏、追逐

仿佛忘记了岁月之鞭的催促

在野云沟，我独自面对

一朵过路的云

在不经意间，我们交换了眼神

这瞬间无言的对视与领悟

我想，已经足够

戈壁，戈壁

我说得最多的是戈壁

最少的，也是

黑夜转身时，你比黑夜更加痴狂

来临时，无数月光破门而入

只剩下孤独和短暂的荫翳

快马，取经人，使者，杳无音讯

你发光，用盐一样的铜镜

用一根稻草

反射出大海的诞生与毁灭

胡颓子，蒺藜，一世世扎根

骆驼刺，在石头的胸怀中静静绽放

雷声大雨点小

你，孤独地展示着自己

像行走的吟者

日夜兼程迎风前行

南疆的河

你漏掉的身体，在西陲大地

你扑打黑夜，像惊诧的戈壁红柳
你从南疆以南，进入盆地的前半生
你被落日重新挂上枝头
将梦变成蓝色，更接近于一条路
然后，竖起来，插进黄昏

你是故乡，在得到之前失去的水分
你指证瀚海，更多源于对大海的想象
你的存在，是北风推着北风
记忆留下记忆
你注定从石头中崩落
像鱼，被看不见的双手接回

你对应到沧桑，和塔里木的每一粒尘埃
不废江河，不辜负

无数个混浊的身世

你的野心，并非为了成就泥沙俱下

你是天山，在远方留下的冬

春风送

送你，只为上扬柽柳的轻微一缕

西出铁门关

用旧的时光，再一次返程

那些积聚的雪，纷纷扬扬

从内心一下、一下扫出

不习惯于高瞻远瞩

从低处，喟叹远道而来的宾朋

暖，屠苏，风尘，一起入胃

神荼、郁垒两神，将雨水挂向枝头

总想，轻轻地走，轻轻地来

你集结在书中，迅速溃败

做一支博斯腾湖畔的芦苇

先看看湖，一步步抬升自己

失去一片滩涂，又夺回另一片

踩着细小的声音，扩散、重建

无数更迭的绿色仪式

她们弯腰喝水，从水中取走寂静

等待水上和水下游走的婚礼

在博斯腾湖畔，我愿做一支芦苇

成为会摇曳的思想

在大湖与小湖的交汇处

抒写爱，奉献风的合唱

青赤鲈的纵身一跃

鸬鹚，甚至白鹭追逐时的依偎

河蚌穿越了芦苇的沙质新房

它们对岁月唯命是从

即便站立，也无法看到远山

野鸭子扎向湖底
寻找那些关于蒹葭沉没的赞美

一支芦苇，在博斯腾湖畔
有千万种姿势
移位、幻灭、诉说，渐渐接近人类
我曾安静地住在她的身体
幻想找一个像她一样的女子
稼穑、生子，牧羊水域
这管不住的夜呀，一再充当
我俩忠实的伴娘

孔雀河

城市，流动的美

流动的惊涛骇浪

用一百个少女点缀一条河流

一百束鲜花在我的指尖复活

从日出到日落

孔雀河，流出塔克拉玛干沙漠

却始终流不过我的掌心

在一天当中，河水散发出香梨的味道

丝绸古道，弥漫了整整一个季节

班超的马群已经远去

玄奘和他的经书，至今仍在流淌

三千年，铁门雄关不倒

库尔勒，以盛大之手迎接着你

巴音布鲁克之巅继续拍打

天山之上，大把、大把的云彩洒向河面

光芒来自冰山
听，巴州的心脏，咚咚作响

绿色，耀眼的绿色，扑鼻而来
一条河流飞舞着，地图上的精灵
那隆起的雪线直射我的内心
开都河，以巨大的音符敲打河床
博斯腾湖，我顺流直下的姐姐
西天山的水声使你饱满、强健

风景和繁华沿街而下
一种古典音乐流过我的身体
飞翔或者抵达，流动使人战栗

孔雀河，漂流在城市的上方
波光粼粼，摇曳如画
三座大桥、四个公园和百片梨园
倒映在语言这面镜子里

金灿灿的河水哟，你来自哪座神奇宫殿
两旁的原野被一遍遍开垦
霍拉山，打开闸门，放进生命之水
几十种植物，向罗布荒漠生长、延伸

随便一场风，就能吹向浩瀚和荒凉

而今晚，一群星辰醉倒在孔雀河畔

河边，我那洗羊皮的兄弟，至今不肯离去

在他身后，一座城市像青草一样疯长

这是西部，一条面向太阳的河

鹅卵石般的理想渐渐长大，城市

不只是诗歌，还有我

和一个个跌宕起伏的回旋之声

看啊，一片片苇丛盛开在相思湖

看啊，一片片苇丛盛开在相思湖
一阵阵歌声开始在七月荡漾

相思湖，天山的女儿
来自博斯腾湖的生命之水
今天，是谁使你如此接近
是谁感动诗歌，擦亮季节的翅膀
歌声，太多的歌声
在焉耆盆地潮涨潮落

天空中，那么多湖水打翻在地
一池、一池，弄湿了巴州的眼睛
应接不暇的芦苇
插满了天空。芦苇，还是芦苇
在水中闪闪发光
阳光下，金属撞击水面
一阵急促之声，野鸭子慌忙沉入水底

掠过湖水，鸬鹚和水鸟不停地鸣叫

锦鲤、荷花在一片掌声中醒来

苇群变得异常兴奋

三个孩子展开喉管，迎接风的到来

从开都河到孔雀河

七月，以思念之手怀抱未来

相思湖，在远去的涛声中更加广阔

芦苇的百叶琴奏响了整个夏天

一面是戈壁，一面是湖水

中间环抱一个美丽的传说

四个民族的风俗在这里渐渐打开

靠近苇丛，有一种神情依稀可见

风声越来越近

思念和渴望，没有回响

从西到东，相思湖只有美景

两岸的芦苇，展开千万种姿势

向戈壁和荒漠铺展

还是那片芦苇，在天空燃烧

绿色和蓝色交相辉映

还有云彩，使湖面微微起伏

看啊，一片片苇丛盛开在相思湖
一阵阵歌声开始在七月荡漾

黑夜替我看管羊群

黑夜替我看管羊群

隐姓埋名，忠实得像一只牧羊犬

在茫茫天际，一声不吭

沉入远山和崎岖不平的暮色

黑夜看管羊群，记忆交我保管

马头琴挣脱风的管束，一路狂奔

冲向时光的尽头

山冈，无穷无尽，绵延于寂静之上

日夜看护着溪流以及我们

赖以生存的白雪

于黑夜而言，漆黑是天空的本质

月光、酥油灯、内心的直线是假象

是草原献给羊群的祭台

羊群，由黑夜看管

不必事事经过我的允许

譬如朝露，以河流的身份
讲述孤独和波澜壮阔的沼泽湿地
牛轭湖集体沉默，成为
通往黑夜的众多路径

黑夜替我看管羊群
我报之以瓦蓝，用满天繁星
与可望而不可即的苍穹对话
它们装得下我的眼
对秘密的窥视

像一头野血牦牛那样行走

牦牛，像个老者。当然

眼帘必须低垂，鬐甲必须高耸

踏着日渐稀薄的月光，一步一步

迈向坚实的亚高山草甸

它，放弃身前身后事

越走，离人间越辽远

越走，离灵魂越接近

近得可以够得着天堂的烟火

一缕又一缕

无比珍贵、简洁的空中蜃景

那些地平线附近的事物

认真地看一下蓝天

就能像一头野血牦牛那样行走

当云朵带来几声霹雳，就可以

朝着墨绿色深深地抒情

把腹下的裙毛，扫向

大、小尤鲁都斯草原

触碰到清泉中恒定不变的星体

也能像野血牦牛那样，更加认真地

通过一望无际、陌生的夜

向上……

我更愿意，从纸上进入深渊

在目不暇接的蒸腾中，俯视河流

俯视一段段阴影

我从地图的激流中进入

看到迎面而来的瀑布

然后，向上，细细描摹三山

以及深陷其中的两盆

我同时将日月星辰挂在胸前

将慕士塔格无限期地枕在苍茫一隅

陷入蓝色和白色的纠缠

风吹山冈，戈壁，草原，云杉

扶摇而上，连同影子一起飞翔

我将不惑之躯种在西部

手持星辰，白云

从天空，一声声唤出

风吹哈尔巴西克沟

把尚未开放的油菜花全部摇醒

一部分滚下山坡，另一部分

撞见吃惊的羊群

从远方赶来，像命运挤出的怜悯

急于照顾薄薄的黑土地

浅浅的沉思和一望无际的亲人

守着初夏的另一端

谵妄，怒吼，低吟，一点点接近真理

我知道，那力量中藏着一万种慈悲

为了打扫一个傍晚，在哈尔巴西克沟

人和草绿色都可以爬得更高

平易近人地，向世界大声宣誓

我们来了，我们来过

我披着晨光这件衣裳

我披着晨光这件衣裳

整个花园开始明亮起来

早起的牧民吆喝着，将一群群星辰赶下山坡

清晨，爱情迎风而展

春天和她的爱人徜徉在幸福的光中

他们漫不经心，走过露水、雨滴、冰雹

而我仍掐指细算到来第七天的爱情

我披着晨光这件衣裳，四季彻夜通明

多少次，我抚摩着它，一段柔情汩汩而出

在耐心遍地的山冈，晨光渐渐长大

高过膝盖，一茬一茬

我金灿灿的爱情五谷丰登

在晨光中，那来之不易的爱情

毁坏了一个老人的一生

他的脸上，鸽子在飞翔，鲜花绽放漫漫长夜

晨光，我苦难的主人

对于你猝不及防的深情，只有衰老才懂

老人们想起了童年，呜咽的口琴

巨大的音乐此起彼伏

面对晨光这件衣裳，我有足够的理由

它向上生长，一节一节靠近大海

阿瓦提乡

乍暖还寒，你的眼神里
住着些慌乱

我们同春风一同抵达
欢迎远方的客人，欢迎还未打开的舌头
那些转身而去，多么可耻

大风把植物的分娩吹得东倒西歪
在前往九月的路上
将一只只含苞待放的香梨送给你

那些真实与辽远，在岁月的更迭中
一寸一寸张扬
弱水三千，我只取一瓢饮

快来吧，朋友

越向里就越靠近真实，越向里
就越能像树一样披挂上阵

关于洗胃泉

关于洗胃泉，转述得并不多

歌声在你身上扑通一下

你就在人群中间扑通一下

一场身体版图的自我疗治

一场地壳运动

望得见山川起伏、酥油草和尘世

遍体鳞伤的人间烟火

喝上几大碗吧，像个蒙古汉子

挽回草原作为主人的尊严，放下马鞭

匆匆扬尘，剪掉马群甩也甩不掉的黑色

剪掉脐带和不该拿到的羊羔

剪掉泉水无法对视的永生

当我面对你，更像面对一声亲切的问候

矿物质与小麦、风干肉、奶疙瘩

互换思想中占据的边地

不论来自哪里，终将移出疼痛

请带上它，顺便去看望你的一家老小

滑沙

骆驼刺，让出了冬日的路
它的昨天埋在身下
扬起的尘土一头白发，七倒八歪

我们乐此不疲
用自拍杆找到下一秒的自己
差点将瞬间推向永恒
冲锋，陷阵，向着曾经斑斓的湖心
被滑板带出的沙砾，击倒了一阵尖叫
还有一些，汹涌得快要奔腾出来

湖水那么近，爱和遗忘那么近
仅仅一瞬，我们就交换了一下午的喧嚣
颠簸的路上，一场风，低回而激荡
所有人脸上的固执即将进入黑暗
透过傍晚，世界越来越小
小得可以看见快要凉下来的沙漠

巴音布鲁克之晨

琴弦微颤。一个早晨在炊烟中
慢慢起身，草场开始忙碌
一双皲裂的手，仍旧拾起铁镰
在大地上，弹奏一个民族的歌声

羊群贴近草原，那是咀嚼的声音
穿过旷野，从身旁悄无声息地流过
小草舒展着，仿佛细小的腰
有挥霍不完的青春

从附近的牧场出发，清晨七点
巴音布鲁克的早晨逐渐变大
三个孩子，策马飞奔
追逐理想的翅膀

我用耳朵努力接近着
大段大段的长调，悠然而起

在巴音布鲁克，一个安静的早晨
奶茶给了我足够的想象

一个闪烁的词，潜入风中
那是感动，在草原上不停地回荡
这个早晨，阳光溅湿了一切
溅湿了那些看得见和看不见的

顿时，一种敬意传遍草原
飞翔呵，鸟群，晨光射进记忆
一块块淳朴的牧场
在我心里，大片大片地成长

巴音布鲁克之夜

初春，天空下着细雨

驱寒而归的人们渐渐聚拢

马群恋恋不舍，女人们围绕着心事

打开神秘、苍老的匣子

夜风吹拂，那些竖型文字熠熠生辉

土尔扈特，一个游牧之子

逐一打开尤鲁都斯、神灯和毡房

凝视，还是凝视，脸上终于有了笑容

每一个夜晚，飞鸟来自远方

那些羽毛被我无数次地梳理

河流、冰川、巴音布鲁克渐渐融化

你细小的歌谣再也忍受不住忧伤

今晚，风会长大，孩子们也会长大

羊群一下变得憔悴，它们是饥饿的

该出嫁了，我的姐姐，哈达越抽越长

一件熟悉的衣裳，被祖辈们不停地裁剪

风过草滩，月亮落在无边的夜色里

大地的沉思在稚嫩的草尖上颤动

马鞍上，游荡的人还不肯下来

另一群马已在夜色深处醒来

河口

像冰川最后一声扼腕叹息

在水与水的界限，释放

历史塌陷和山川起伏

一次漂流，一次云团出走

大浪，淘去混浊

还世界以纯净

还你我以闪电之初的宁静

河的结束，作为博斯腾湖的开始

更像一次神秘的胎腹之旅

咽下并吐出自己，歪歪斜斜

用雨的愤怒、三叶草的骨头

抒写的笔直青春

一个趔趄，跌进丝路古道

大河口、小河口、西南河口

以梦为笔，交出率真与踌躇

鱼，掌管着自己的领地

无论日出日落

一不小心，吞下晚霞全部的火焰

真想，真想抱一抱湖呀

看它在黑夜接纳河的样子

追忆

必须回到草滩

让一段光原谅它的过去

必须具备大海的嗅觉

在风暴来临之前，提前收网

打回一两斤蓝色，隐入

未来孩子大小各异的梦

那时，湖面上有风

天空是我平静的一部分

而大地一再舒缓

从奔跑到行走，无数姿势

让湿漉漉的野花淡淡绽放

绿藻，安静得像个淑女，更像云

送给波浪的礼物，芦苇丛中，偶尔

也会发出三两声回响

是鱼饥肠辘辘，不小心游到岸的边缘
拨弄它的清脆人生

对于湖而言，世界由水组成
对于水而言，世界主要由我构成
一滴不多、一滴不少
全部住在远山常去的地方
夏季太快，被阳光拉得变形
黑夜取走火，在某个时刻，隐隐约约
照亮我们规则不一的图案

塔河胡杨

多少次，想回首凝望

看看它离去的一万种可能

每一种场域都有不同的表达

看过卡拉，看过英苏，看过

成千上万朵云落进褶皱的身体

也被称为托克拉克，不分语言

紧贴生命之线，回到现象世界

洪水扭曲前行

金色，再一次焕发生机

像极了童话中芝麻开门的魔咒

和一枚枚狂放不羁的银币

无论是谁，都托举着它的未来

沿着南疆行板，从第三纪走向荒漠

以及戈壁，有时它也卧倒，在一首诗歌中

长得太老，甚至还要奔赴

越来越暗的大河，三千年

真的可以不朽吗？真的可以将一片

胡杨林种进昨日的萧瑟中吗

岁月，它发黑的颜色

向内向外几经明亮，几经绚烂

白露为霜

白露过后，大地更加清冷

秋，嵌入万事万物

再也无法拔出，树林在行进中

送来村庄寂静的线条

炊烟，像是一缕缕思想

被夕阳和牧羊人赶向天空

地肤持续着，保持极低、极低的姿势

一年四季都在变换新装

水烛，绿的表面，是暗黄色浮动

它头顶蒲绒，被风领走，装进一个个梦

霜冻日益迫近，田野的各个部位

发出风格迥异的呼喊，幻想插入了黄昏

可能也插入了世界

以巨大的虚妄

将露珠全部还给人间

晨光，打湿了我的脸

晨光，打湿了我的脸

一个早晨，悄无声息

在尚未准备的枝头轰然作响

大地熟悉而又陌生，带领它

可敬可亲的子民，奉献出体内的全部河流

树木的表皮渐渐湿润

草籽、花坛、黑土地、庭院的葡萄藤

渐渐湿润，五彩斑斓的地毯来不及拍打

就被绿色的光，湮没在初春

晨光，叫醒了汲水的人群

以迅雷不及掩耳之势，降落于

三月的一片杏园

舒缓地落在我的脸上

空气中，是谁绣满了春的图案

凸凹不平，充满渴望与幻灭

我的脸，不仅仅被晨光打湿

还有呵！还有来不及追忆的青春

对于晨光，一棵柳树

足以表达它的怀念

它们一群群来、一群群走

试图高过遮蔽它的光芒

却无力表达

低处，即将破土的爱情

果园

果园，在村庄侧面醒来

斜靠着我，从黑夜带来的炉火

不急不慢地安放一个清晨

阳光依旧直率，它统领万事万物

在昆虫休眠之前

早已操控了树木、土地和雨水

请带上我的问候吧，尽管它简单

且潦草，缺乏三月吐露的芬芳

马车从一个人的童年启程

运送尚未嫁接的果木

也请洒下一把酵香吧，它的慢时光

在果园皱褶的皮肤中渐渐长大

羊圈围住了杏树，紧贴

世界中心，黑头羊急切表白
试图将脖子伸向果园上空
悄悄接近一朵云的去向
一件件往事，在云的生长中
投向雨泪般的湖底

果园的清晨，异常明亮
甚至直逼晚霞的金色帝国
树苗、柴草垛和旁逸斜出的风
从事物的内部愈加亲近于我
公鸡带领它的家族，不知疲倦
占领了果园，占领了春

一棵桑树爬上屋顶

看，一棵桑树爬上屋顶

一只火鸡爬上屋顶

一截磨损的木梯爬上屋顶

一段明艳、华贵的光爬上屋顶

一幅又矮又薄的图案爬上屋顶

屋顶上

有童年、有日月星辰、有开败的花朵

有陈年积雪，有触手可及的云

有饱满的雨水和眼泪

有草垛、有方形竹凳、有葫芦瓢的裂纹

有一排排顶天立地的白杨

有买买提家追膘的山羊

有居买尔的羊缸子

有接近蓝天的荒凉

有松软的明天和乌云压城时的轰鸣

一棵桑树爬上屋顶

它的心事，细小而敏感

挂在五月的果实，要到发酵成酒后

才懂得眷恋和留下的意义

看，一棵桑树爬上了屋顶

在屋顶上，来去自由的风

轻易吹进它的善良

吹进事物崭新的另一面

一只蚂蚁，挡住了我回家的路

在杜鹃河畔

一只蚂蚁，挡住了我回家的路

它横在前方，行色匆匆

小心翼翼地挪开路旁的枯枝败叶

忽然，它嗅到了一粒米

敏锐地当起了搬运工

这时候，我像一座大山横亘在它面前

它像一棵树，挡住了下午的斜阳

我想摆脱它，它却爬到我的鞋子上

我们成为各自的前方

相互打量着彼此，又相互对峙

看到它的模样，我心生怜悯

也许它要急着照顾一个病中好友

也许我的好友正从更远的前方

匆匆赶来

身体里的新疆

我身体里的新疆，忽明忽暗

像夜晚打开的群星

迟滞，摇曳，要到夜深人静

才能看到它的崔嵬它的阴柔

站在幽深的体内

它，一会儿爬向山坡，一会儿赶往人间

一滴水，掩面而泣

一粒沙，对视着整个西部

南疆的风

三月，浓郁的嗅觉抵达城市
一个季节的睡眠，在意象中渐渐清晰

是风吹过，喀什噶尔的歌喉
把孜然和馕搅拌到一起

在胡须上垂着，慢慢滴落
潮湿的身影，浸透了整个天空

风中的停顿，打在脸上
时间发出微微声响

只是一次偶然
在我步入巴音郭楞的一刹那

鸟群在风中行走
耕作和劳累改变了土地的命运

哭泣、哭泣，真想抓住它
一次次善良被风所触动

思想重重地摔在地上
南疆，有谁还在低吟

镜像中的南疆

在博斯坦村，我平静地生活

像一只麻雀，每天经历日落日出

目睹向日葵的燃烧和雨的倾诉

迎接

我迎接冬，冬从一个陌生的地域来到

狂放不羁，比远方还远

我迎接一场盛大的雪，挂在果园

含苞待放，看它翻飞、滚落

始终无法走向春天

我迎接一粒沙，当它看不清自己长相的时候

塔克拉玛干沙漠卷起漫天风暴

我迎接一束光，命令它向左转向右转

照亮一条河的一生，它服从秩序

进入大地上所有河流的身体

我迎接树的燃烧，有胡杨、柽柳和梭梭柴

它们的样子，有我童年毁灭的记忆

有闪电击中土地的焦灼，我尾随它

直至黎明到来

最后，我要迎接属于自己的疼痛
细小入微，却猝不及防
它如似水流年，走进我轨迹分明的命运

阿尔先沟的一个下午

阿尔先沟的一个下午，并不阴冷

过路的云，打湿了我的耳朵

阻挡了世界的一点点聆听

它们迅速集结，仿佛

在驱赶一次不期而遇的梦魇

闪电躲在云瀑身后，来得如此犹豫

雪松、黑琴鸡、云杉，在雪线处

浮现，轻易留下天际深处的惊鸿一瞥

游移的车，深一脚浅一脚

在海拔挺进的上空

随时奔赴一场洗礼

雪，就在云的顶端

鹰隼划过长空，它们懂得坠落

更懂得上升的意义

成群结队的人群依然跳入温泉

那被记忆逼仄的下午

在水的蒸腾中浴火重生

阳霞

五月。阳霞。光的身影
太阳真实地站立在南天山

风送来果实一般的气息
沙枣树倾尽全力吐露芬芳

风铃草、罗布麻，还有一片片光阴
赞美你关于向上突围的力量

麦苗，并非只由火焰构成
梳理它的波浪，将流逝安放于村庄之上

忏悔吧戈壁，忏悔吧羊群
该以怎样的面容回答"离去"两字

必须起身，迎接一场雷雨
必须凝视死去的和活着的

面对清晨，我用三千里云拨开山的发髻

太阳升起时，你燃烧火红火红的脸

博斯坦村

在博斯坦村，我走在一片安详的光中

土地繁忙而单调

一次次完成种子不大不小的心愿

核桃树、垂柳、吐穗的玉米

无声无息潜入风的睡眠

远方的广播，在更远的地方响起

它们传播一段最新的农事

将遗憾织补得更紧密些

一只猫，站在屋顶

仿佛在对抗一次昂贵的午餐

我用一个呼哨，引起七月的共鸣

阳光持续它固有的温度

当我骄傲，天空轰隆作响

将雷电领进村庄

这些孩子们，与祖辈一样

关注着庄稼地的收成

比雨水更疼爱他们的家

在博斯坦村，我平静地生活

像一只麻雀，每天经历日落日出

目睹向日葵的燃烧和雨的倾诉

在风轻云淡中，改变了

内心世界的一点点

开都河峡谷

万马齐喑。听得见一个看不见的自己

从无数场白雪而来

踏着细密小径，报春花似的

喧哗与骚动，沼泽及其深陷的部分

在九曲十八弯中渐次漂移

像骑士，更像修行的使者

隐忍着，闯入山的狭隘

以无限的柔弱抵抗有限的坚硬

身体被水阻隔得太久，若隐若现

秘密，旨意，在唐三藏的经文中依稀可辨

是流沙河，还是开都河，仿佛并不重要

眼前的波澜，浮动、隐匿，训练有素

将逝者一遍遍送走

生者，不舍昼夜，大爱着水中的人间

它的身后，有轰鸣声和刚刚游走的悲悯

两侧的山川

似乎想永久地抓住，这流逝的一切

阿尔金山

万物低垂，旅人们交出身体里的疲倦

从春跋涉过冬

雄山的路远去了，骆驼峰、莲花山

像一句潮湿的问候，要用一万次回望

才能斩断尘世，以及错落有致的边疆

多么健康的雪，多么冰冷的相恋

事物埋首于自己的阴影之中

紧紧地依偎

高山有高山的辽阔

我，坐落在针尖和麦芒之间

在怒涛、宽容中，拱起大地的表象

星河流了一地，看童年，看失灵的雨刮器

一只公狼端视世界的同时

被世界端视，并异化

巴西力克的鹰

某个清晨必然来到，在它身上

思想经过，大雪经过，一匹蒙古烈马

替它在人间爱恨情仇

比黑色还高远，王的仪容和威严

而冷峻，一再擦拭，熨平

刚刚收拢的翅膀及苍凉

天空，一个向上的台阶

不停地攀缘、俯视、盘旋

长久伫立，更高的视觉之巅

多想将白云赶下，弃之天葬

将鸟群赶下，驱赶它们低飞的灵魂

让孤独从远方运来更多的孤独

在巴西力克，因为鹰，世界有了海拔

乔尔玛达坂有了新的高度，为此

经过高山的，全部被再次赶下

静止的云

静止的云，投入我的身体

就像开都河畔的一次记忆

一个人，一下找到

失散多年的童年

蓝色河床、三棱草、枕边住着的芦苇

以及会飞的鱼，喧闹无比

从云的体内——走出

成为时光雷雨中巨大、孤傲的几滴

多想，看到云的行走

一如河岔旁那合抱的垂柳

每每询问大河的去向，开都河

在比我更远的地方白发苍苍

静止的云，投入我的身体

虽然这只是蔚蓝天空微小的一部分

然而，它义无反顾收留了我

宛如故乡身体里看不见的碎片

时间犁开大地

时间犁开大地

以它熟稔、明快的步伐

犁开沙漠腹地的一个黑色田埂

犁开塔里木河日益局促的心事

时间犁开大地

露出春暖花开，露出紫草的短小戎装

露出莽莽昆仑隐藏的七色光芒

时间，在早春停留，带着一丝丝怜爱

宽恕了积雪的转身离去

它亲切降临，使空间更加广阔

像远离沙漠的海

背靠陆地，同每一次启航致敬

欢迎并送走人群的聚合离散

时间在每一个侧面，都会留下一把刀子

稍不留神，它将划伤你迟疑的目光

时间犁开大地

大地，迅速掸去冬日的烦躁和

南疆故土风霜的沉积

它的表皮泥泞不堪，它的果实崭新依旧

尽管岁月毫无迟疑地爬上额头

尽管依恋在我们心中泛滥成灾

时间，仿佛爱人们相互印证的誓言

在内心恢宏的疆土上，策马扬鞭

风景

西北，太阳之下

扬鞭过河的马匹闪闪发光

生命的鸟群飞越了辽阔、广袤、苍凉

河流下面，苍老的翅膀仍在飞翔

梦想的钟声在哪个方向回响

体内的神开始歌唱

这时，干燥的天空裂出了缝隙

谁的火把映红了天空

又是谁的大手覆盖着冰川

大地上，记忆一刻不停

北风追逐着时间

最珍贵的画面，男人、世界和我

将一个夜晚誊写到天空

将一个夜晚誊写到天空

将声音送至远方，进入万事万物

秘而不宣的细节

目睹它的伤害和翡翠般光滑坚韧的表面

慢慢地，慢慢地去占领

那些平静、安逸的假象

将黑暗还给黑暗，在它的平行轨道上

我可以天马行空

驾驭童年的七彩祥云向着蔚蓝色前行

将星辰赶向大海

大海为白昼让路，云

毫不留情地吞没月光所有的忧伤

将克制埋藏于心

将时光和青春年少抵近一盏灯

将摇床轻轻地晃回到襁褓之年

父子俩迫不及待地相伴而终

将一个夜晚誊写到天空上

我头也不回，拿出大地最真实的画板

反复描绘草木樨和冰草向上生长的力量

当火熄灭，温暖依旧在炉膛

当夜撤离，注视依旧在天空

在天塞酒庄

一桶接着一桶

在不可穿透的光中沉睡

外表被剥离，它的灵魂

过早地奔赴时间的刑场

正午，我看见，两千亩的光影在下坠

一株株，从地中海移植到霍拉山

很多事凉了又热了

很多事来不及张扬就在毁灭中重获新生

戈壁滩不知不觉消逝

我的双脚却站在未来觥筹交错的土地上

此刻，腐朽的部分正在生长

在酒杯在丢掉的缓慢里若隐若现

每个人都有瓷一样的属性

像雪，随时都可能化掉

像远方极其困顿的清晨

无法隐晦，一把把拨开雾霭

还原胡杨荒野的本质

提起属性，时间似乎多余

它脱胎于空间的变形

成为光线与光线的叠加

每一片树叶都相互克制，拿出

互为排斥的部分

像每个人瓷质的属性

一旦打碎，便如黑夜一般

无处安放

一只麻雀飞过上空

一只麻雀，挂在天空

像万物的衣裳待人穿越，供述

似是而非的真理

这么辽阔的南疆，终于轮到它了

它爱上孤灯，我就是巢穴，它的内心

长出小径，我就是它翅膀上的风霜

要轻柔，如一缕彻头彻尾的春风

把不安的情绪放在头顶

做在场主义者，替它表达远方以及爱

它的伤口并不在脸上

一部分在身体里垮掉，一部分

需要无形的同伴认领

天空有时真的像是一面镜子

哪天擦去它时，飞翔也被轻易地擦去

一只麻雀，多么惶恐

多么不小心地抖落蛰伏的颜色

它从天空飞向屋檐，又从屋檐落到地面

这近在咫尺的弧线

与我的幸福和悲伤一起蜿蜒向前

南湖公园

在南湖公园，暮色阴柔地相遇

一点新绿在芦苇中不停攀缘

水蜡树、草木樨、枯叶，还不肯交出

弯弯曲曲的往事

一条小径在蜻蜓的注视下，继续上升

孩子们结伴而归，他们放走风筝

也放走自己与天空若即若离的关系

有时候，喧嚣被分割成若干等份

一部分浮在水面，另一部分

在看不见的激流中，越陷越深

风，空荡荡地，归于寂静

它把它的不朽撕碎给库鲁克山

在同一条起跑线上，我们曾经大步流星

今天，仿佛有一万个声音

替它向芸芸众生喊出："立正和解散"

大西北的冬

无数次地想象，与你不期而遇

你抵抗风，我抵抗你

戏谑、敏感的表情

在瘦弱的日子，始终无法走出

你为太阳设定的半径

白天也好，夜晚也好

光的尾巴总是那么稍纵即逝

一次冰裂、一次白杨的挺拔

使我迅速判断前进的方向

你，在眼泪干涸的地方出现

渴望一次次回到出发的春天

沃土、碱滩和皲裂的大地

在更有意义的一天诞生，刺猬

在野火的掩埋下，冲向大海

我曾经拿出满山的芨芨草

构筑冬的镜像，更加坚固的大风在前方

若隐若现

一个人走得再远，也走不出目光的直视

一个人走得再远，终将回到最初领略的冬

暗夜

一个稀疏的夜从喑哑中传来
三轮车如困兽，不断穿透
梦的奇谲和诡秘

光，比我更懂得休眠
以迫不及待之手，撕开路的心脏
两旁大片、大片的针叶林，相视而立
仿佛迎接阔别已久的亲人
声音跟随着光，甚至超越了光
跌跌撞撞、忽明忽暗
它的大红灯笼装饰了别人家的窗子
谁的窗子，又装饰了它的古道、西风、瘦马

被风吹散的芦苇莺
在巢穴搭建之前，早已回到粮食体内
农田隐隐浮现，分泌出
一个季节的盐和它脸上全部的表情

冬水，在大地的最暗处

浇灌了一个完整的夜

此时此刻，夜愈加沧桑

我用尽全力，抒写

它的无情与眷恋

地震，穿过大地的腰

地震，穿过大地的腰

早晨六点，林场在倾斜

首先站立的是毡房外的草滩

床衾、饰物的影子、火之遗物

通通失去搀扶的手

大地的抒情是蓝色的

它更像我们倾斜的人生

来不及呼叫，就卸掉沉重的热度

昨夜将昨夜倒入河中

山岳微微隆起，如巨蟒般爬向云端

夜的轻轻战栗

使大地成为我身体中的窟窿

一场地震，百花折腰

谁来疗治它的芬芳

我总是在湍急中醒来

穿过大地的腰

与一次消隐，与巩乃斯的

蓝色屏风，告白

关于那些忽略的事物

白昼的隐喻。一次咆哮

让泥沙俱下的洪水

全部进入泾渭分明的人工引渠

自天山南麓，将水变短

将短的变得更短

有的成为土地的妃子，或者新娘

有的直接进入植物的心脏

睡眠中，它们在证明遗传和历史迁移

是棉花地，还是玉米地

无关我的选择

白的、黄的、紫的、绿的

全部跑到我身后

为地下的根部做一番经久不息的事

在大地上待得太久

才懂得哭泣和爱，一片片唇
足以让翻滚的词语静止而立
黄刺玫、枸杞、雨后的星光点点
全部隐入水中，路旁的风
比风的裹挟更渴望自由

关于那些事物，忽略的
或消失的，与火焰一起燃烧

流云

请把雪白的羊放进天空

如果目光允许

请把我投掷于一片虚无

在巨大的轰鸣之上，做飞翔状

与天山，与它的银色机翼，纠缠不清

好几次醒来，世界继续颠簸，沉没

直起直落，击碎的棉絮和影子朝向身后

扯下生命中原本脆弱的内容

梦魇还在上升

那些形容过的云彩，被秋风修改

腾挪于星际，一种蹁跹

越来越多地贴近西部

就像日子一天天变薄，你我还要

为旅途奔波，从时间的夹缝中

找到灵魂，以及稍加安息的内心

风托起人群，仿佛舷窗

是进入傍晚的唯一通道，色彩

极清极淡，流云，更加野心勃勃

从上和从下，形成明亮、动荡的文字

群山，在远处燃烧

一万吨云，卸下此时沉重的雷电

敞开事物渐渐泯灭的一面

停顿

博斯腾湖上的一次跋涉。云
贴近地面，贴近我们的脸

红柳、芦苇、杂草，铺陈在冰底
从开都河的源头，传来鱼的惊悸

巨大的痉挛，使冰面被击打
像闪电一样，回到体内

童年，那一摞子零零碎碎
总有算不完的旧账

还是那场风，劲吹旷野
吹透每一名捕鱼人的冷暖沧桑

植物使一切显得安详，就这样
耗尽半天的体力，徒步穿越湖的心脏

每一次停顿，都将改变
旅程的方向

每一次停顿，行走变得渺小
大地，在时光的叙述中擦亮你我

西北村庄与雪的相遇

一切都凝固了
雪从天空尽头，射进记忆

像时间的叉子
在冷峻中，接受大地的检阅

村庄之上，夜在沉默
光用千万只细手敲打苍穹

原野更加透明，梦以纯净的白
主宰世界，荡涤落叶、魅惑以及嘶鸣

事物的造型更加准确
胜过虫洞中每一次窥视和丈量

沿着冬的轨迹，雪义无反顾
仿佛是对"生"的讲述

偶尔的一次歇息，也会陷入沉思

陷入树木的阴影

哦！这令人窒息的白

足以让时间慢些、再慢些

白色的湖

像夺眶而出的泪水

站在神的脚下

一片片滑落，山的柔软

辽阔的可以抚摸的雪原

敖包、草滩、湖面闪闪发光

一望无际的白，尽收眼底

冰与冰相互撕咬

在山之巅，洗刷邪恶与颤抖

长生天，是你赐予察汗努尔明亮吗

这雪白的蓝，透着威严

从开都河流进春天

流进巴音郭楞的沉醉和迷幻

察汗努尔，你是牧人内心善的种子

在蓝天上放飞希望

一次就够了，一次

即意味着永恒

注："察汗努尔"蒙古语意为"白色的湖"，是开都河

的源头。

开都河，一个午后

早春，马群背后的一个午后

泥土味伴着草腥小心翼翼地洒在河面

最普通的植物，打开一年的风景

迎接主人迟到的婚礼

它们静静地思索，当马鬃分散开来

太阳变得格外分明，背景很简单

村庄、烟囱、少女、农田……

在午后，开都河显得更加真实

人烟稀少，雨水浑浊

往返于生命的大堤上，你

还在寻觅着什么

河面，不经意的呼喊打扰了三棱草的梦

河下，雷雨隐入寂静

一条鱼不小心，搁浅在岸

它是幸运的，充足的水源

将尾巴送入卵石滩

草根继续向上，触碰到

夏日那只纤细的手

我手中的网太小、太小

而你为何伫立

面对开都河，一段往事使你困顿

背立而站，河的另一头

她，已经远逝

天鹅湖，或者更多

让我想起了很多，这幻想的杰作

在九曲十八弯打开

乌云掠过湖面，千万只天鹅

从印度飞回，留恋它的美吗

湖面微澜，是心灵在碰撞

无数只天鹅，引吭高歌

从身旁飞出，时光的馈赠

在我的视野里此起彼伏

每到十月，难得一见的繁华

被这可爱的生灵抒写

在旅途中，他们太累

需要在这里繁衍、生息

仅仅一个季节

你就完成了一生的追求

天鹅湖呵，谁在召唤

从三月，从一个未知的深处

是该飞翔了，从天鹅湖

这个天上之湖，或者更高

风还在吹，在树木的想象之间

吹向一只天鹅企求的方向

月光，滑过脸庞

月光，滑过脸庞
寂静的夜色一大片、一大片洒向大地

风景、繁华、矿石隐入树林
看遍暮野苍苍
是谁呵，是谁抚摩着寂静

奶茶还在路上，奔跑的月色
一边喝水，一边仰望蓝天

想家的孩子开了一朵又一朵
忽然，秋风跳出了金箔
这满斟风雨的箔倒在北方……

月光，滑过脸庞
寂静的夜色一大片、一大片洒向大地

命运与边疆

我们挤破洪流，想追上子母河

从大唐地图上

取下命运跌宕起伏的边疆

取下命运跌宕起伏的边疆

牛头车，加速的一刹那，夕阳

正好落在我的手上

孤烟，把风葬到体内

拖着白昼刚刚安静下来的影子

古旧的河水，穿过红柳沟、石头沟

一瞬间，也穿过女儿国大桥

据说，库格铁路快要通车了

接过通关文牒，在我的轨道上

星星还在闪烁

夜晚，继续一千年前的样子

将有更多的我容纳到波浪之中

我们挤破洪流，想追上子母河

从大唐地图上

取下命运跌宕起伏的边疆

在西部

在西部，我在匆忙中行走
在匆忙中阅读一块饥饿的石头
《吠陀》的光芒深不可测
一个时代的水声还响个不停

黑暗背后，蚂蚁们快乐地生活
它们从不乞求也从不埋怨
世世代代守着一个健康的体魄
让思想的风吹弯一枚腐朽的银币

每天，太阳都从一把刀子上走过
照在比家乡更远的家乡
两条道路铺在我心中铺成两种语言
使所有驻足而望的眼睛苍老、憔悴

丰满的风来自指尖
来自每一个透明的清晨

它们在等待中结束自己幻想的一生

又在等待中走进自己风干的影子

在西部，我愿做一粒实实在在的种子

让古代的风吹我的思想吹断我飘扬的长发

到那时，我也会骄傲地歌唱

也会因为善良，而歌唱

班禅沟

夏日从沟底悄悄移走

风在幽暗的松林中，指引迷途

因为一次坐禅，树木变得更有意义

同根并蒂是最初的形态

收拢尘世的爱，顺时针

于内心旋转

每一件事物，都有笃定的理由

经幡、云杉、佛塔，接受祷告

以及宽恕，比凡人，和万千繁星

发出无以表述的回声

马群站在春夏秋冬，它在聆听

一种训诫，宛如

一个身影，被再次命名

沙吾尔登

从托布秀尔的韵律中走来

沙吾尔登，时间的孩子

草原上舞动的神和被唤醒的爱

在遗忘与想象之间

你来得那么从容，指间的震颤

在另一个年代复活，马蹄扬鞭

两百年的歌声，滚滚而来

音乐隐藏在舞蹈之下

几百位蒙古汉子

手持马鞭，抖动双肩

千百万羊群驱赶草原

恸地憾天

天空渐渐打开，草原上卷起了风暴

十五个少女，十五片茂密的森林

十五顶帐篷和十五条幻想的河流

袖子下，隐藏着多少故事

从《少女沙吾尔登》走向《汉臣沙吾尔登》

九支舞蹈组成一片绿色的海洋

"嘿登登，嘿登登"

一种声音穿透纸张

这是草原的隐喻，请屏住呼吸

时间的碎银，洒向大地

卫拉特，在一种流淌中

逐渐开始奔跑

快些，再快些

阳光在手中渐渐融化

依傍在爱的身旁

沙吾尔登，学会了舞蹈

今天，请允许我歌唱

为了沙吾尔登，为了我自己

阴阳湖

一亿年前的一滴水
把蓝色逼出眼泪

当我俯身向下
看得清它的沟壑和逐渐消失的脊梁
它水线的身段，瘦去的忧愁
被时光分割成两半
一半是甜，一半是咸
一半交给沙子湖的泉水，一半
被盐碱，毁誉参半

两种成分，改写着大海的命运
两种成分，挂在四千米的高空
俯瞰人类
成为卤虫、砺石、仙女游弋的天堂

此刻，阿牙克库木湖的另一个名字

在我身体中隐隐交替

它们遵从秩序

在潜移默化中吐出力量

呼唤高原上的风雨

将阴与阳缓缓地沉于水底

我仍然掌控着你的辽阔

往事越来越稀薄

归家的路，越来越泥泞

这使我想起远方和童年的喧嚣

是的，雨是会变形的

就像换了流向和声调的流沙河

它与渐行渐远的稻田慢慢重叠

有时分开

但是我依然看到了静止背后的招摇

用了三个时辰，互换杯盏

互换我们血液中的青丝与白发

选择一条乡间小道

是为了再次启程

愈加逼近你，隐隐的辽阔

小海子

大海的儿子。要轻轻地

唤一声"娘"

才能听到体内的波涛

要抗议，哀号，将春风逼于绝境

才能听到塔克拉玛干沙漠，汩汩而出的清流

用冰川，雪线

完成与罗布泊的一次对话

才能明白它的坚韧

在尉犁，你是，一捧孤独

古老的嫁妆，是遥远浪花的一朵

代表大海剩下的部分

用独木舟和狮子舞讲述人类

于塔里木河下游静候鱼群

洛浦，罗布，走不出的仍是你的视线

去问候一下芦苇

问候一声胡杨，问候时光旮旯里

拴过的那匹倔强的骆驼刺

将记忆折叠成白尾地鸦

安装风的翅膀

去占领遗存于世的领空

一匹骆驼先于我来到沙漠

它的嘴里流出了一点苦

怎么咀嚼，都有沙砾的味道

它的爱棱角分明，拖到地上，一道道

在沙包中，刻下更加荒凉的几个大字

到了傍晚，它露出深处的一点迷途

把地图丢进城堡，把羊皮还给弯刀

一匹骆驼先于我来到沙漠

它的躯干被看不见的我压得太弯

双脚止步不前，身体却被带得更远

先于我来到沙漠的，不只是骆驼

还有落日、流水以及秘密

当我伸手拦住它

却漏下了手中大把、大把的风沙

城堡

四野无人。朴素的天空在沙丘中慢慢亮了起来

沿着一条沙砾小道，走进死亡和爱情

我的思想比我的脚步更先到达城堡

撕裂的衰草味弥漫着

一种感觉，近乎风的味道

在脚下那条河流中缓缓流淌

侧耳聆听，有无数双眼睛注视着

是逝者还是我渴求的面容

突然传来一声尖叫，颤抖的狞笑遁入空中

在沙的更深处 —— 欲望、荒蛮、野性

离城堡越来越近

我大叫了一声，没有人搭理

但是背后的声音却深深刺伤了我

这时候，你看见了谁颤抖的手

又是谁在人群背后嘲笑着我们

他不看我，我也不看他……

天空早已经暗了下来，黄昏近处
一支孤独的歌离城堡越来越远

盼一场雨

连续三天，空气起伏着

乌云潜入空中

也潜入塔克拉玛干的前世今生

曼陀柳探出步伐，它一用力

大地紧跟着前进

风景，更多地在我们内心呈现

它斜掉，世界便斜掉

透过阳台，这巨大的暗

足以毁坏屋内残留的光

它仍然没有到来

在一个看不到的地方孕育新的开始

我取下荫翳、冷漠

与它互换一个个即将凝固的片段

冬日

还是边疆，还是日落后的冻土层
野马、羚羊缓缓消失在天边

古道旁的驿站，白雪一片片落下
可能是有意，雪落在冰层覆盖不到的地方
水哗哗流着，极目远眺
季节不停地旋转，冬日随着烛灯抵达
一点点靠近，我感觉到这个干燥的城市
有时在想，春天离我有多远
而这个冬日，没有人陪伴
白马潜入我的内心
是谁指示着候鸟北归，冬日早已步入我的房间
爆发呵，一个深邃的夜
你还在祈求什么，等待什么

黑夜里，五根巨大的手指像五道巨大的闪电
如果你在冬天还没有归来

请把呼吸留在这儿

你看远方，神秘的事物逐渐出现

没有人知道，这一切都在我的想象之中

这时候，金字塔不住地上升

在我心中

它记录下什么，又留下些什么

西北风

站在俗世的最高处，年复一年

劈开冷雨，劈开喧嚣，劈开

边地最柔情的拥抱，以最硬的方式

面对雅丹和大西北倔强的表面

黄沙，空手而来，空手而归

在命定的远方越来越稀薄

像一场对峙

成为苍凉和虚空无法翻越的天山

西北有高楼，我们悄悄挪走一切

不知疲倦地抒写大海的偏执

胡杨树深情留下，罗布麻

将紫色花瓣，送给废墟上的亲人

你拔下最硬的刺，让大地多一点隐忍

一次次阻止冰与火的相遇

我要用你的奔跑破坏你的身体

用狂暴埋藏故城，以及更多雷雨

也许一刹那，我就把闪电递过去了

时光书

有时，突然被光打湿

进入一个坡面

看看脚下日渐残缺的海水

和吹进人间的风浪

有时，要用力抒写，才会垂暮

扮成童年熠熠生辉的模样

只为黑暗中自作自受的，低吼

有时，那些凌乱的目光

自卑而高尚，偶尔发出一两声啁啾

低回，沉重，回望大地

巨大到每个瞬间，一封家书

从今天寄往昨天，至今

仍然在胃里喊着"疼，疼"

有时，抬头看一看星辰

才发现，我们低低飞翔的姿势

像极了云雀，它从另一个春天

与我交会，期望在一个平面中

觅得雨水和谷粒

有时，一不小心，把摇摇欲坠的云朵

还给了天空，把深渊当成冰山

它，既高于又低于，我们的视线

车过紫泥泉

从边地启程，关照一个梦

向着焉耆盆地葱茏的方向

砥砺或者沉郁，当我抵达紫泥泉

引擎和四个车轮有些累了，空气中

略微浮动着鸟的身影

一闪一闪，它的金色叶片

被飞翔带得更远

一个收费站，站在高速公路的边缘

扶起远方，以及一场大风，石头

比甲壳虫跑得更快

戈壁呈现岁月的颜色

它们老去，又不停地回到童年

在大地和夕阳的平面中

无以复加

作为一个盐产地，看见得很少

越来越多的人来到这里

他们种植红色辣椒、工业番茄

将葡萄庄园出售给

远方，他们规划洁净

报以安睡的幻想

有意无意透露村庄失去的部分

余晖放下身段，与黄昏

一起打量着自己何去何从

树枝上，几朵白云不肯离去

雪鸡从车窗倏地飞出，面向

未曾谙熟的另一天

在库尔楚，布置一场雷雨

我们把它放上去，毫不犹豫

摆在天空应有的位置

给它充足的水分、黑色云朵

风之魂魄，以及一个个瞬息

抽出部分闪电，从远处和更远处

逼近车外摇摇晃晃的夜

越来越多的灰色浮动

层叠交织，轰鸣赶走轰鸣

一群群走失的雨

刹那间，转身投向硝石灌丛

胡杨林渐行渐远，率领

根的诘问与卑贱，它雷雨的本质

快要进入一条河的身体

在库尔楚，布置一场雷雨

像魔法师一样，将整个天空倾颓下来

声音保持必要的形状

衰老、沉默和光纷至沓来

如丝绸古道上一个驿站

八百里加急，送来一次邂逅

退回长安无数个春夏秋冬

云，从我的指尖，一泻千里

雷声有多大，雨点就有多大

面向远方，库尔楚毅然决绝

拿出土地全部的诚恳

依然布置一场雷雨

此刻，要改写它

必然要接受我对你的想象

三间房

正午，一寸寸逼近

光影嵌在墙上，仿佛一份迟来的背书

驱车前往，用一昼夜的时间

在两千年的冥冥之中跋涉

我们在其中一间假寐

无视佛塔，也无视烽隧

左中右三间，各睡天、地、人

胡杨木、兽角、草编制品散落一地

风，吹向人间，更多地吹向远方

罗布泊，这只巨大的耳朵

在反复的游移中，迷失了自我

被强盗掏空

被虚无塞住真实的嘴巴

被历史领回，被冷漠和空关闭

被迟疑一次次运往荒漠

被死亡，铭刻在永久的活着的意义之中

"黄沙百战穿金甲，不破楼兰终不还"

请赐我粮草、水源和雪山

赐我一支彪悍的马队以及盔甲

昨天，你替我守住边疆

今天，我要做你名副其实的君王

我是江山，你就是我的美人

在楼兰，手握三间房这柄锋利的剑

哪怕一天

也要将荒与凉轻轻斩断

小河墓地

幽深，在扩大

打开的沙丘，在无数风暴中

——拆解自我

我们在地底抓紧彼此

将梦的王国，延伸到边界

渐渐靠近吐火罗和隐去的库姆河

于是放弃，于是轻言虚幻和抵抗

错失一生的爱恨

千口棺，要相互叠加

灵魂的领地才更有意义

他们手挽手，浩浩荡荡组成的命运

藏着此时此刻的沉默

楼兰美女

死亡被她们穿在身上
眼前，她只是幽暗世界的一种
抽走水分，抽走身体中的辉煌
冷艳，孤傲，占据了上峰

历史都静谧了
它合上人类的嘴，就像此刻
一具干尸，在仪器操作的卧榻中
三缄其口
炫耀死，是为了熟知生
她的世界里，只剩下幻觉

作为标本
我们身体中的版图变得更加完整
它起伏，大地一同起伏
一同成为千里黄沙中的荒凉与虚空

灯光打开后，失去的部分

愈发坚硬，快要看到它的意义了

当我们目光相遇的那一刻

她就有可能复活

现在，可以起身了

来迎接这无边无际，沉睡的一切

地下的米兰

顺着王母的蟠桃园，世界

轻薄得只剩下一声叹息

一个用空的灌溉系统

连接着富人和穷人，陶片、彩陶

散落在黑暗中，用于辨别人类

有人蹲在书里，点灯

有人借用佛塔的身影，修缮回廊

我们之间依旧隔着深渊

陡峭的边缘，一座空城，今天

由谁掌管

死去的和活着的有时很难抵达

就像附着于身体中的飞翔

有限大于无限，无限大于空

而空大于善恶

没有人轻易地喊出"伊循城"三个字

我恨不得

将地下的米兰连同它的声音一同拖出

山川

我深切地同情我多舛的命运

同情如火炬般的目光洞穿我的身体

我同情万事万物的影子在夕阳中燃烧

它们从昨天看到我的今天

像昼夜交替的昆仑

用无数颗星辰，等待永恒的检阅

我同情苦难如同情自己

看吧，此起彼伏的是我的鹤发童颜

看吧，高一声低一曲的是来不及归还的北风

额头停泊了亿万年的残霜

但，仍然改变不了我白雪的本质

我同情城郭在沙漠上磷光一现的人类

我的同情装得下渐行渐远的忧伤

是哪一座山，哪一座川，在大地上掩面而泣

我仿佛看到它爱憎分明的一生

虚构

虚构一场盗猎活动

在看不见的疆土上，怜爱每一类

濒临灭绝的野生动植物

虚构一次闯入，在紧张的对抗中

以猝不及防的形式，瓦解

似真似幻的心理防线

虚构快要出现的藏羚羊，藏野驴，野牦牛

它们尽情撒欢，冲向黎明，饿几天肚子

打几个小滚，或不知疲倦地与人类赛跑

虚构在虚构中真实，虚构的景色此起彼伏

沉溺于一次旅程的是是非非

虚构遗忘、恋恋不舍、消失的阴影

一排排焦急的伤口，在醒来之时

剜去大自然的疼痛

昨晚，我故地重游

神似地颠覆了一场梦的浩劫

牵云

如果牵一朵，就把它牵回家吧

当作幼年的玩伴，与羊为伍，与马为伍

与满山的荒凉为伍，放在暮色中

加入世间孤独的一种

如果一朵不够，就一群群

甚至用锁链，或银具，把它们穿起来

按向大海，像时间深处的风暴

从有中卷起无

悲欢，快要在人类的胸怀中醒来

晒场

夜的一次光顾。透明的盐

在白色的月光中愈发逼真

杏干、麦子、看场人

还有一个湿漉漉的灵魂

被风，用力拽醒

红辣椒，要到金秋才会赶赴

一场歌舞集会，将在涨潮之时举行

那是风的盛宴

声音渐渐被撕碎，它的样子

变为黑色树冠的一部分

河水漫灌

万事万物保持固有的姿态，鱼贯而出

晒场，竭尽全力，拧干夜的水分

和它内部虚伪的笑颜

还村庄一个凝练之躯

推开黑暗，戈壁滩被蒸发得七零八落

光，渐渐吞噬
直至把一切隐藏砸得粉身碎骨

打开一个沧桑的词

打开一个沧桑的词

趁策大雅还没抵达

趁阳光还未照进树的身体

不留遗憾，深情记录它转瞬即逝的流变

像瀚海抖落的金色鳞片

剥开大地，鱼一样的象形文字

一个词，宛如清晨前的一次回眸

从时光的城池，策大雅的轻描淡写中

整装前行，进入公元前

甚至更远远方的一场凿空

注视一个词的燃烧

就是注视 "千树万树梨花开"

追忆 "尚思为国戍轮台" 中的瘦弱风寒

词，生动如初，回到绿洲

在几千年的疆土中义无反顾地前行

每一种沧桑，都有它的沉默

沉默，伴随着另一群词开始苏醒

光，昂起历史高贵的头颅

直立行走在人间

在词的一次次温暖中，砥砺沧桑

从西域都护府到中原王朝的更迭

多少奏章，手不释卷

爱它的臣民，甚至超越词褪尽的颜色

一个沧桑的词

在策大雅扑面而来

从镜子的最深处，迅疾如一缕炊烟

白尾地鸦，以沉甸甸的方式

布满星辰大海，它的蓝色飞翔

还在寻找那个拓荒的词吗

陶罐、胡麻、马队和烽燧，若隐若现

丝绸之路最后一次翘首顾盼

军帐中冲锋的金属残片

比一把碱土，更持久

一个沧桑的词，被我无数次地使用

打开它，就是打开策大雅的全部

英苏

楼兰的遗腹子，被凿空的驿站
村庄背后的村庄

一座醒着的城堡
被风带走，被时间吹落

英苏，你是罗布人的灵魂
在泪水中拯救自己

在沙砾中追寻永恒
死去的和活着的都使我们敬畏

这戈壁的皇帝，站在地图之上
将记忆蘸满天空

正午，阳光洒向额头
吐尔地·艾买提，以三十岁的身躯

坚守在此，一种等待
使我们相遇，还有胡杨

绿色的树冠，绿色的眼泪
和绿色的声音，诉说着

谁能听懂？地上的声音已经暗哑
地下，有一股暗流在涌动

塔河古道，马车、驼队、羊群、商人渐次走近
琳琅满目的器皿和茶具不停地碰撞

只是一次幻觉，大地上陈列的
所有事物又归于寂静

是什么使我们无法斩断
是什么被一遍遍地默诵

英苏，正用遒劲之笔
抒写内心的浮与沉

黄昏

走进黄昏时，十盏油灯同时亮了起来

三个孩子肩并肩走出草原

山冈、河床、草滩，扬起了皮鞭

听，哪家的新娘整装待发

哪家迎娶的队伍又在驱赶马匹

这是一个偏僻的村庄，在巴音布鲁克

人很大，天空很小

无论什么时候都有张开的翅膀

当夜渐渐靠近，姑娘们相互依偎

她们比我更懂得去爱

一个人满脸羞愧地望着我

手中的爱情在刹那间溢出了城市

那么多羊群仍在闪烁

有人哭泣，有人歌唱……

夜，滚过天空

夜，滚过天空
姑娘们攥紧手中小小的欲望
在月光中渐渐苏醒

她们都有自己的幸福
从古代到今天
血管里崩出一点点暴力

"膨胀，膨胀……"
月色开满了手掌

姑娘们用仅有的一点幸福
证明自己的存在

原野，原野

光，返回人间，艾德莱丝绸一般
紧贴小草的每一天
抓住它，哪怕一点点
才能懂得衰老的意义

南疆村子的菜地

要么除草，要么翻地
要么选择播种一畦伸向阴影的南瓜

是谁在光的驱赶中被汗水接纳，一家人
满脸诚恳地，用童真交出对中年的问候

蚯蚓，农家肥，苜蓿，与铁锹失之交臂
而更多时候，它们甘愿做一粒辛苦的泥土

栅栏一脸严肃，东倒西歪
永远被风改写着不屈不挠的命运

羊圈，鸡舍，猪栏都修好了，曾经养育的
流血不止，宛如一场新的暴政进入人间

白昼吐出光晕，想以一种分手的方式
向我们低头认错，满园的芬芳愈发清脆

一朵花该怎样绽放，才能找到黑夜

一场盛大的农事该怎样举行，才能回到初始

风的意义

我喜欢风，喜欢它掌控边界的能力

太多云，在悲喜交加中产生

鸟的一次次坠落，使风警醒

飞翔，更由于打湿额头的哭泣

风的意义，在于集结

用雷电的笤帚

将清晨打扫干净，拂拭尘土

渐渐露出脚下的文字和事物的原貌

驾它远行，身下是深渊

放牧它、播种它、轻吻它，给它以光

将它从东赶到西

清晨抒写者

清晨，向我敞开

露出一块泥土和满园的芬芳

生活着，渐渐懂得了时间的教诲

我是一名清晨抒写者

每一天，都在感恩中苏醒

练习花开，练习一次含情脉脉的对视

练习风如何从冬走向春

练习故园遗失的气息和内心

雪落的声音，绿色的句子献出了自己

也献出了一个炽热的晨

雨水，长期潜伏在空气中

随时都可能汇聚成一条大河

在夜晚与清晨的缝隙里

顺流直下，流向更深的季节

原野

比雪的目光更接近天空

兀自独立，像天山的遗孀

从奔跑的背景中找到山川沟壑

一匹匹骏马深陷其中

晚霞抵近，在失去的灰色中

一场酣畅淋漓的雨

带走寂静，带走宽恕

带走关于青春的一段段记忆

游移的河，要到冬日才会看清来时的路

光，返回人间，艾德莱丝绸一般

紧贴小草的每一天

抓住它，哪怕一点点

才能懂得衰老的意义

白云愈加辽远，大地一览无余

此时，无须默诵那些赞美

径直吹灭你一地的金黄

大风啊，你是荒凉的主人

难道荒凉只配用孤独来描述

从鸟的想象出发

每离天空近一步，就离原野远一步

黄昏，从白昼经过

黄昏，从白昼经过

在博斯坦，西部一个偏僻的村庄

我像一粒种子匍匐在大地

身体两侧的风，干净、明亮

用一个民族的语言，讲述

土地的风俗和对年轮的爱

村庄之上，世界在抵御黑的到来

万物无休止地更迭

记录天空的奔驰以及羊群的行走

它们熟知隐忍的法则和黑夜的力量

剩余的光，打在脸上，真实、准确

如同喀什噶尔匆匆而过的列车

奉献出一生的赤诚与热烈

黄昏，从未欺骗

就像博斯坦的过去和未来，静如止水

在这里，落日的余晖中

天空遵从着克制与留恋

我直立成一株植物，看守着

苍茫村落的沉与浮

光，在持续地等待

等待日复一日、年复一年的婚丧稼穑

等待风驰电掣的人群、静谧的美，以及

来不及回忆的青春和收刈

黄昏，从白昼经过

快速而又坚定，多想留住它的美

听，一朵果敢的云迅速变老

再有一刻，大地将归于寂静

博斯坦，将白昼领进黑夜

领进梦想熟知的领地

可可桥诗篇

一个不经意的名字

从塔里木河走来，滞缓、干旱

甚至没有打湿一片落叶

它的旁边，胡杨树的宫殿

在三个三千年中起起伏伏

一个高昂的头颅，俯瞰人类

仿佛藐视我们的陌生

一群年轻人，哼着

这个时代特定的歌曲

是收留，还是融入

在可可桥，我们只是人群中的那个微小

如同一匹饮水的马，礼貌地步入落日中

万物的顺延、生的啼鸣……

在想象中与之渐次熟悉

一丛丛红柳

一朵朵高大的冠状物
一次次细密、急切的问候
都不足以呈现我们对土地的怀念
抒情过于直白
以至无须跨越语言的障碍

这是辽阔南疆的一个普通村落
阳光依旧公正，向每一个生灵
分配它的仁慈和爱
锋利的犁再次走进田野
走进一群群果实和我们
匆忙中的匆忙

慕士塔格峰，雨水在浇灌

慕士塔格峰，雨水在浇灌

用生命的风吹响大地

一棵棵青春的麦苗茁壮成长

阳光足够充沛，足够用于砍伐

在一片片金黄背后

是目光在仰视，整整一个下午

无数双大手辛勤地劳作

绿叶覆盖着真诚

还有他们内心放射出的光芒

雨水克制着欲望，姑娘们

像鲜花一样绽放

在慕士塔格峰下的一个村庄

塔克拉玛干沙漠停止了幻想

老人们拒绝干涸，那是雪山

在辽远之上，不停地流淌

大雨似乎太过匆忙

但是它来了，带着一种感激

飞快地行走，这个下午

土地蘸满了对生活全部的爱

浓墨重彩，抒写希望

南疆小城的月夜

车辆穿行在笔直的夜中

通往天边小城，我的感官

再次通往一个丰盈的夜

命运交织着，在沙漠腹地

万物不曾带来一丝愧疚

前往且末的路没有遇见风

月光带着应有的色彩

统治着黑夜，大地上

月的绿色植被更加顺从

一只草鼠，从沙砾的底色中穿过

打乱了月仅有的一点静默

它的啃噬，还停留在

不太饱满的半年前

在慌乱中，我们失之交臂

来不及问候，霎时间
即错过了最真实的表达
远处，我看到，它的回眸清澈无比
深过每一个观察世界的角度

积雪越陷越深，在月光
照射不到的地方，我内心的最深处融化
今夜，请允许我带着一只草鼠的惦念
去领略月的阔达

告别

在未来以来，成为我们自己

然后，踏进同一条河流

坚强地不留下一点遗憾，这样最好

穿过小半段人生，还有暗淡

还有紧闭的苦难

白云振翅高飞。草原静卧风中

所有挥手之处，青草葳蕤，波澜不惊

黑夜的白色外表比白昼还要耀眼

密林幻想着低矮的阳光

山冈，在低处，也在高处

盛满湖水、寂静和严冬泄下的白银万顷

种子，来不及等待，一生只做一件事

拼命地爱上一个村庄

不担心被弃之荒野，脚下的泥土

渐渐生出炊烟的模样

世界赠我以天地

我回馈以虔诚、急促和惶恐

曾为理想长出的鳍，从所有

身体经过，有了帆的通透和明亮

快速回到童年，向着河流

以及一丝丝光告别

南疆的风，从空中坠落

一场风，从空中坠落

在时间下端，最先抵达的是春

整整一夜，旷野奏响白杨进行曲

抗拒在抗拒中产生

风，渐渐吹醒塔克拉玛干的表面

每粒水滴，都在繁忙地运送春的讯息

它以湿漉漉的身份，亲切地

与过往岁月一一交谈

一场风，从空中坠落

打碎了塔里木河瓷一般的辽阔容器

那些凌乱的词语渐渐明亮起来

炊烟、羊群和孩子们脸上浮现的笑容

渐渐明亮起来，在一场呼啸中相遇

小麦义无反顾

突破一块块稚嫩的绿

竭尽全力抒写体内膨胀的心事

一场风，从空中坠落

它在前进中后退，并不畏惧我的到来

反而吞噬树木和我的阴影

喔，一次伸张

足以使后退比前进更快挺进

振翅高飞的鸟群，用飞翔阻止阳光

在青春还未出发之前

将风呈现给南疆

表白

现在，我们看到了自己

向四月发出的号令

一朵朵小花，遵循秩序

默诵着一个个无人关注的名字

这是大地的分娩

植物的想象还在燃烧

从冬的白色海洋，一场集体申诉

无异于枝蔓上舌头般的舞蹈

苦苣菜转身时，等于将内心交给土地

鸟群，像箭矢，也像一个个准确的词

射向春日发光的部位

将一栋房屋种在桃园

它生长的速度超越四月所有的衰老

榆树骑在我们头顶，高过白云

在那里，过往和现在一览无余

总在不经意间呈现它的微弱

时光的伤疤无处遁形

向河流弓腰致敬，抽出一段段表白

等于抽出我们大半截人生

选择

选择在五月醒来

选择邂逅一场似曾相识的大雨

选择收回风吹山冈的声音

选择在清晨中逶迤而过

并不比一条蛇爬行得更快

选择昨夜的呼啸吹凉一段往事

吹凉一个村庄的劳作

选择向大片、大片的桑树林亮明隐藏的身份

选择将太阳放置在地平线以下

除非得到夜的允许

选择门前栅栏

再高也高不过犍牛幼年时的哞哞声

选择沉默地铺洒一段咀嚼过的时光

选择让春光信马由缰地疯长

选择苦豆草迈向六月疼痛的表情

选择清澈，宛如清澈会流向溪流的源头

选择在昨日和今日间短暂地停留

插入天空一帧帧遗忘之作

选择打开金黄色的童年

当它依旧褪色

我哽咽如初，追忆如初

路边的枣树

路边的枣树，更像一帧素描

相隔一段土路

五棵枣树和三棵枣树毗邻而居

菟丝子、败酱草纠缠于根的底部

露出幼年驯服的模样

时光，切开村庄

也切开一段世袭的美

它们遮蔽尘世太多的纷繁袭扰

果肉虽未成形，却一枚枚投向大地

透过蔚蓝，那些相似的树叶

在相似的阴影中患难与共

枣树，从半扇天空中

掏出色彩与流云

用一生的节制，接受风的问候

就像生活，取走我此刻全部的沉默

路边的枣树摇曳不止

有时踩着童年稀碎的月光

进入事物易逝的部分

是啊，忘记比铭记更难质疑

有谁会抵达几棵枣树遒劲的内心

当我接过它的馈赠

泪水，怎又湿透衣襟

拾棉记

已经是霜降，我们用双手

建立与大地的朴素关系

棉田，一览无余，打开和渐次打开的

仍然在一场秋风中，怒放、丰盈

有的穿着去年的梦，有的低头

寻找身体中的路，劳作着，连续一周

穿过一大片陷落的光阴

方言、蒙古长调、武侠金曲，让杂草

退避三舍，每一种行进

都有它的宿命和可能，左右手有机衔接

以佝偻的方式，相互瓦解

传递未知的柔软与温暖

骨节，腰，膝盖，一阵阵酸胀如闪电

切开棉桃坚韧的内心

未辜负每一朵棉的去向

黄昏渐渐逼近，棉田卷曲着破损的下落

棉秆，退向了身后，低调地步入晚年

每一段废弃的往事都有曾经的绚烂

骄傲潜伏着，像全力以赴的光

途中，鹧鸪慌乱地逃离，惊醒

水渠中倒置的身影

当一片云，还停留在昨天

我们准备，向更广阔的疲惫出发

三月

三月，沉重的犁铧划过天空

安卧了一个季节的人们探出头来

黑土下，忙乱的生活互相堆砌

有人从梦中走来，有人抱紧自己潮湿的心事

河边，落日后的清晨，粮食慢慢发酵

歌谣像鸟群一样从地图中惊醒

落草和禾梗搅拌着，走过了春、夏、秋、冬

怎样的微笑，怎样的辛勤劳作

而此时，平静的耕者又来到那熟悉的河面

这些往来于春和秋之间的人们

把背影扎进土地，便选择了一生的付出

在他们脚下，海水抚摸着田埂

荒凉的三月紧紧攥着犁把，平铺在心中

仿佛阳光中一次次清醒的人生

孩子们偶尔休憩，偶尔擦去犁下蒸发的汗水

胸前那片天空站立着另一个人

耕者不停地调整
调整犁铧的方向、尺度、深度，他一用力
金黄的犁铧划下去，犁出黑土
犁出了时间、记忆、万家灯火
犁出了想象、欲望，犁出蓝色的歌谣、觉醒的生活
也犁出了我疼痛的往事和抑制不住的泪水

即景

南疆，再大的天空也装不下这么多的雪

飞舞的精灵，躲过赤道

躲过冷雨的嘲讽

落向更多普通的人群

邻家的蒙古狗奔跑着

试图表明对主人的忠诚

它的主人，一个渔民

谦恭而冷漠，把雪扫向风暴后的菜园

猫儿们打着哈欠，走过漫漫岁月

这样的季节适于劳作

而我，必须更加清醒地生活

那么熟悉

一冬天的针线活在此缠绕不清

她们从冬天走向春天，又从春天走向冬天

一年年的农活充盈着每一块庄稼地

雪落在井边、河口、路旁和烟囱

也落在水中，鸟群鱼群的窝头

他们分享着，公正无私

一颗滚烫的热泪从身旁流过

流过锄头的心坎、麻雀的脚印

流过一双恋恋不舍的眼神

流过一些背景和一点笑容

这些熟悉的面孔，也有我的亲人

然而，我是在远方写着这些知心话的呵

一个远离故乡的城市 —— 将成为我的家

雪，落下

雪，落下
比种子更早埋入土里

雪落到边疆的湖面上
被看不见的骑手抽刀断水

雪长长地，拖出自己的阴影
仿佛潜入身体中的秘密

雪铺天盖地，在开都河畔的一个渔庄
像一节节光，挣扎、嘶鸣、突围

雪分送给世界
雪山、戈壁，还有回眸的艾尔逊乌拉沙漠

黑暗中的河

一年中的最后一天，流水

从我身体中抽身而去

西北风抱紧大地，向开都河下游倾泻而下

陌生人被送往远方，多少爱恨情仇

流向博斯腾湖的更深处

听说黑暗中，黑天鹅仍在栖居

水鸟将自己压在身下

有的接受了孤独，有的被孤独所拒绝

芦苇扎根的地方，河水已泛滥

那些流逝的部分，带着身体中的船工

在一百号附近全部深情地拐了个弯

父亲弯下腰，穿下最后一根竹竿

将鱼群轻轻领向人间

童年的星辰，忽冷忽热

在每个人的碗中发出光的声音

寒风更紧，河流迷恋的方向不会改变

多么希望尾随你，平静地进入黑夜

我们与河一样，从黑暗中走来

我们与黑暗一样，一次次把自己推向惊涛骇浪

冬，在冰层之下

冬天，一种神秘事物从我脸上撤去

辛苦了一年的人们渐渐离散，在冰层之下

时间不停地拍打行人，他们行走

一路上，遇见风、冥想、彩色的种子

从风中，缓缓走来一个人

他挥手时的颤响惊醒第五季的沉默

一个渔民的儿子，毫无节制地生活

他从命运中走出，走进一个更加广大的命运

四个季节蜷缩着，站在冬日的某个角落

在他们面前：美、寒冷、黑暗依次排开

我推开门，那条狗还谦卑地站着

刚一奔跑，就有无数音乐响起

玫瑰、黄金、琴弦散落在地

湖边，最后的歌谣不可屈服

而我们忘记了什么，期待着什么

博斯腾湖呵，我嘹亮的往事

爬犁上，一家人的温暖再次被遗忘

我小心翼翼地走过人群，手中的思想

为什么渐渐褶皱

窗外

星光点亮窗外

窗内，由一次休憩完成

所有被梦幻抛弃的事物

全部素面朝天，走向天空的另一侧

一段土墙

一方轻易丈量的有机玻璃

给了我一个直视世界的角度

那些遗憾全部留在了窗外

就让风将人群覆盖未及的地方

轻轻摇醒，云在逡巡

木槿、夹竹桃散发出夜的吼叫

光，快要进入我的体内

在灵魂渐渐真实的远方

思想，轻轻打开

万物皆可触碰

有一刻，我快要放下了

那些慌乱的事物

安静得像一头慈悲的兽

从林中渐渐走出

顺着夜晚生长的方向

将梦轻轻领回

秋风，这遥远夜空的骑手

娴熟地指挥着千军万马

在看不见的深处横冲直撞

云碎了，雨碎了，光碎了

星辰，掉落一地

接受宇宙新娘的亲吻

万物皆可触碰

哪怕，再微小

三月

如此充沛，从静谧深处

长出更多的绿，长街，短巷

比阴霾，和它遮蔽的风霜来得更早

这样的时辰

土地，成为我爱过的江山

有理由相信辛劳曾经来过

卖货郎，潺潺光阴，交付的苦

一天比一天衰老

去年的雪要在今年全部化掉

风，恣意妄为

替我在人间羞愧，沉默

再往前，春天就要从枝头坠落下来

饱满的歌谣，错落有致

有人轻声叹息，有人沉默寡言

悲欢，像我至亲至爱的双亲

将自己，轻轻献出

流年

举着一片旷野，晚霞重又染红天空
一切都寂静了
雪，孤独，隐匿的童年
在尚未炸响的春雷中时隐时现

草木视死如归
它的眼里还住着些风霜
住着那个无遮无拦的青黄年代

岁月将记忆送出又收回
在泪水翻滚的现场，腥膻的美
一遍遍俯拾大地

羊群缓慢地爬过山冈
西北风缓慢地，改变着白昼和黑夜的形状
晕眩缓慢，一段可歌可泣的缓慢
枯萎、生长，缓慢地交替

有一种路永远在血肉的躯体上衍生
父亲水中挣扎的身影再次浮现
它经久不息，快要看到
我的疼痛，与身体中流泻不已的光

大火烧去我身上的野草

大火烧去我身上的野草

疾风劲草，无声无息

在身体的领地上嘶吼

一团火的抗议者，从低洼处

送来一顶又一顶绿色帐篷

我仿佛听到蜜蜂细小的嗡嘤

在各自巢穴中，进进出出

随时都可能飞向三月的另一面

野草，并不华丽

它如茵如盖，无意点缀大地

人群欣赏它们也欣赏自己

偶尔漏进一束撕碎的光

骆驼刺、罗布麻和沙棘相互争夺

将枝丫孤傲地插向蓝天

秋日，诡秘、从容

在金色来临前充分燃烧

至今在一团火的

裸露中，噼啪作响

野草，没收我的土壤

还大地以凛冽

将死亡种植在出生伊始之地

一岁一枯荣呵，大火如何赦免自我

何日才能烧尽

我们身体中的野草，即使烧尽

血管中深扎的根

又会在哪场春风中，吹又生

遗忘

推开三月，比三月更远的季节躺在那里
渔夫们扬起了风帆向深渊驶去

在那里，水光潋滟，鼓声飘荡
一生的美人停泊在岸边
绿色的思想上升、上升
直到炊烟袅袅，深渊更深

如果天空下起了雨
故乡一定喝得酩酊大醉
耳朵深处，一只巨大的钟颤颤巍巍
猫儿们撕破时间
把整个新疆都吵醒
我用一生的寂静安慰自己
面对空荡荡的心脏，天山打着呼噜

海水还在远方在屋顶

散发铜的气息，鸟儿低低飞翔 ——

偶尔也触碰我遗忘的思想

叙述、遮蔽或追忆

——诗集《南疆辞》后记

20年前，我就开始酝酿这本诗集该以怎样的口吻写后记，但时至今日，一直被一种隐忧所困扰。打开扉页，才发现原来这才是一个不忘本真的我。

是的，多年以来，我一直为这本看不见的诗集而孜孜以求。对于"热爱"两个字似乎永远欠着一个说法，完成也永远在未完成中行进。英国作家赫克斯科曾说，"每个人的记忆都是自己的私人文学"。我担心，属于我的私人记忆在叙述中过早被遮蔽，决心在每个瞬间记录下自己的永恒，在爱与爱中交换物我、放大人生。对于诗歌而言，唤醒属于边地的集体记忆，献出热忱、献出赞美、献出激扬、献出爱恋，献出南疆大地的赤子之心、圣火之情，我想代替属于我的这一代去表达。

《南疆辞》是我的第一本诗集，对于我来说意义重大，也充满着精进的无数种可能。作品跨度20多年，从初学的懵懂、朦胧，到今日的执着、坚定。大部分为近年之作，从为数不多的作品中逐一甄选，近一半曾在纯文学刊物上发表。诗集的四个章节，与诗名契合，力图展示一个多情的南疆、多彩的南疆、多元的南疆，可以说，这本诗集是我40多年南疆生活的集中呈现。作为一个生于斯、长于斯的"疆二代"，写作这本诗集是对记忆和留恋的交代。回忆这些，无数个场景徐徐浮现。记得写成第一首诗是在初中三年级的一个夜晚。那时，中考的压力可想而知，不进则退，甚至面临回家务农或未来的"塌方式"前景。我鼓足勇气、托人投给了地区重点高中文学社的编辑，等到的却是遥遥无期的回复。那个冬日，南疆的雪异常坚硬，像博斯腾湖的寒冰，仿佛要穿透玻璃窗砸向我的未来，白杨树出奇的安静，表现出一种扑朔迷离的神态。我知道，一个人的冬日，必然要在一首诗中改写。顿时，我的叙述、我的遮蔽、我的追忆，伴随着勇毅和果敢的人生纷至沓来。我的诗歌也在考入这所高中后愈加嘹亮而坚定。

由于诗歌爱好，大学时我报考了中文系汉语言文学专业。从此，与诗歌结下了不解之缘，我的命运也注定在南疆这块神奇热土上开掘与挺进。于是，开始阅读与新疆有关的书籍，接触可能接触到的诗篇、风物、民俗、历史和知识。我用诗歌的方式热爱着自己钟爱的南疆大地。这种方式，有时热烈、有时隐晦、有时含蓄、有时奔放，有时又娓娓道来。同时，我也在不断地突破自我，试图找到一种属于自我的表达方式，是抒情、叙事，还是哲理、先锋，抑或是实验主义、象征主义等各种中西方诗歌技艺的选择。我疯狂阅读了穆旦、冯至、北岛、多多、海子、聂鲁达、艾略特、佩索阿、博尔赫斯、波德莱尔及俄罗斯白银时代诗人的大量作品。我想，这一切都是为了积淀自己的专业素养，提高本土写作的能力吧！

其间，由于工作、生活等诸多原因，两次中断，中间又遭遇亲人的离世，反反复复、前前后后耽误了十余年。我在生活的激情中不断转换角色，不断调整状态。从公文写作、新闻采写、策划方案、电视脚本、宣传画册、诗歌创作等截然不同的文本和语境中，常态化切换各种叙述方式。

我也尝试着做一个现实生活的积极参与者，力求从工作和诗歌两个维度，实践自己的情感修辞学，在这种"冰与火"的跨度中淬炼自我、砥砺自我。

普鲁斯特的《追忆似水年华》，以其出色的心灵追索描写、卓越的意识流技巧而风靡世界。对流逝的挽留，或许是人类共通的话题。博尔赫斯说"我们生活在有连续性的时间内，但我们试图在永恒的状态下生活"。而我的永恒是什么？我的迷恋又是什么？或许，这本"磨砺"之作，就是对自己的最好回答。为了突出主题，我着重从"南疆的回响""情感的罗盘""瞬间的意义"三方面展开。在南疆，我愿意做最质朴的那一个，成为雪峰、成为沙漠、成为戈壁、成为绿洲，成为迷人的眼眸、炽热的阳光、燃烧的柽柳、雪后的冰山，成为焉耆盆地的一株葡萄苗、塔里木河下游的一棵"胡杨王"、一块温润的和田玉、一条情人互赠的艾德莱丝绸，成为西陲的一轮落日、一个让人留恋的文化风貌。我愿意继续掘进，在无意义中诞生有意义，从诗歌中获取南疆的无数张面孔无数种底色，我要"迎接树的燃烧"，"结出沙砾一样的鳞"，成为赞美的练习曲，情感的交响乐，用我的真诚和执着继续奔涌、前行和感怀。

著名诗人沈苇，在《沙》中写道："多么纯粹的沙，你是其中一粒/被自己放大，又归于细小、寂静""数一数沙吧，直到/沙从你眼中夺眶而出/沙在你心里流泻不已……"。生活在南疆大地，时常热血沸腾，时常感动不已。南疆，就是我的诗和远方，在这部辽阔之作上我将再出发、再起航，在"一粒沙"中获取更多哲学力量，在地理意义和诗歌美学上迸涌我的真善美。坚持是写作的要领，情感是诗歌的灵魂。我将铭记南疆于我而言的启示，在隐形之书和有形之书中持续修炼内心，修正自己的人生方向，荡涤波澜壮阔的时代赞歌。

"一带一路"大型系列丛书"新疆是个好地方"收录了我的诗集《南

疆辞》。在此，衷心感谢总策划戴佩丽女士，主编孙春光先生，真诚感谢我的妻子韩兴丽对我的支持，夜深人静时耐心地听我朗诵、替我斧正。还要特别感谢沈苇老师，长期以来给予我的鼓励，他更像我精神上的引路人，老作家刘渊老师、小说家陈湘涛及南疆的诗友们，使南疆的我们愈发自信。当然，还有关心着南疆、愿意听我倾诉的您！让我们为南疆散发出更多的光和热！

寇钧剑

2020年6月22日于新疆库尔勒